LARMES D'AMOUR

Noélia Ruys

AVERTISSEMENTS

ce livre peut contenir et parler de sujets sensibles, tels que la manipulation, les attouchements/viols et les TCA

Pour tous ceux qui ont été détruits,
qui se relèvent et
qui aiment...

LARMES D'AMOUR

05

Non ce n'est pas normal
de tout accepter
par AMOUR.

LARMES D'AMOUR

07

Parce que si je n'ai pas le choix,
ce n'est pas de l'amour.

LARMES D'AMOUR

J'ai dit oui par peur,
et après ça je me suis sentie
détestable.

LARMES D'AMOUR

J'ai pleuré mais tu n'as
pas arrêté.

LARMES D'AMOUR

J'avais peur de tes réactions,
peur de finir en milles morceaux
comme le miroir que tu as brisé.

LARMES D'AMOUR

Tu m'as fais replonger dans la pire des
maladies, je ne disais rien
pour que tu me trouve belle.

LARMES D'AMOUR

Tu as été la pire tempête de ma vie.

LARMES D'AMOUR

Je n'ai compris qu'après,
l'emprise qu'il avait sur moi.

LARMES D'AMOUR

Je n'y croyais plus
mais après lui,
tu es subitement rentré dans ma vie.

LARMES D'AMOUR

J'y crois un peu plus chaque jour.

LARMES D'AMOUR

25

Mon corps n'est plus synonyme de mort,
il vit et avec toi,
il reprend des forces.

LARMES D'AMOUR

Grâce à toi je prends confiance,
je m'aime et j'aime à nouveau.

LARMES D'AMOUR

J'y crois parce que c'est toi.

LARMES D'AMOUR

Avec toi tout est plus sain.

LARMES D'AMOUR

Je veux que tu te sentes bien,
peut importe le jour,
peut importe notre statut,
et ça aussi c'est de l'amour.

LARMES D'AMOUR

Inconnus
Amis
Amants

LARMES D'AMOUR

Parce que tes bras s'enroulaient autour de mes épaules les nuits où il revenait me hanter.

LARMES D'AMOUR

Peu importe ce que tu dis
si toi seul le dit
je le comprendrais.

LARMES D'AMOUR

41

La moi d'il y a quelques mois n'imaginait pas la moi des mois avec toi.

LARMES D'AMOUR

43

Parce que tes je t'aime sont angélique
j'y crois.

LARMES D'AMOUR

45

L'amour qu'on grave sur l'écorce d'un arbre.

LARMES D'AMOUR

Car avec toi je ne culpabilise pas
d'être entière
d'être moi.

LARMES D'AMOUR

49

Car tu es le fil rouge* auquel j'espérais
être relié.

*référence au fil rouge du destin.

LARMES D'AMOUR

Peur d'un avenir sans nous
sans toi
sans rien.

LARMES D'AMOUR

Fier de moi
fier de toi
fier de nous.

LARMES D'AMOUR

Tes bras sont aussi apaisant et
chaleureux que le levé du soleil.

LARMES D'AMOUR

57

Je me perds dans l'hypnotique couleur
de tes yeux.

LARMES D'AMOUR

Car tu es celui qui me soutiens dans tout
ce que j'entreprends.

LARMES D'AMOUR

Tu n'es pas le premier mais le plus
sincère des amour que j'ai pu éprouver.

62

LARMES D'AMOUR

Parce que je t'aime je te dédie ce livre.

LARMES D'AMOUR

REMERCIEMENTS

Je remercie celui qui a cru en moi dès le début, un peu flou, d'écrire mon recueil de poésies et que grâce à lui j'ai cru en moi, mes capacités et en l'amour, le vrai. À mes amis et ma famille présents dans les mauvais et bons moments de ma vie.

© 2024 Noélïa Ruys
Édition : BoD • Books on Demand GmbH,
In de Tarpen 42, 22848 Norderstedt
(Allemagne)
Impression : Libri Plureos GmbH,
Friedensallee 273, 22763 Hamburg
(Allemagne)

ISBN : 978-2-3225-5448-5
Dépôt légal : Août 2024

FSC
www.fsc.org
MIXTE
Papier issu
de sources
responsables
Paper from
responsible sources
FSC® C105338